Inhalt

Solche kennt jeder: brave Schüler, die es faustdick hinter den Ohren haben! Dieser hier heißt Ottokar und ist für jeden Streich zu haben. Seine schriftlichen Arbeiten erfreuen seit 1967 die Herzen eines Millionenpublikums. Vom braven Schüler mauserte er sich zum Früchtchen und Schalk, zum Weltverbesserer und Philosophen, hing sein Pioniertuch an den Nagel, drückt nun die gesamtdeutsche Schulbank und führt seine literarische Existenz als naseweiser, ewig zwölfjähriger Dreikäsehoch inzwischen seit dreißig Jahren.

Anlaß für Autor und Verlag, Auskunft zu geben und auch Ottokar selbst zu Wort kommen zu lassen. Die Illustrationen von Karl Schrader sowie das Pädagogische Alphabet von Manfred Bofinger wurden den Büchern aus dem Eulenspiegel Verlag entnommen.

Folgende Bücher sind erschienen:

Der brave Schüler Ottokar *(1967)*
Ottokar, das Früchtchen *(1970)*
Ottokar, der Weltverbesserer *(1973)*
Ottokar, der Gerechte *(1978)*
– alle im Eulenspiegel Verlag
und illustriert von Karl Schrader.

Ottokar, der Schalk *(1983)*
Ottokar, der Philosoph *(1989)*
– auch im Eulenspiegel Verlag,
  aber illlustriert von Manfred Bofinger.
Ottokar und die neuen Deutschen *(1991)*
Ottokar, die Spottdrossel *(1993)*
– im Dietz Verlag.
Ottokar, der Fernsehstar *(1994)*
– bei LeiV.
Rückblicke eines braven Schülers (Sammelband, *1993)*
Ottokar, das Schlitzohr *(1996)*
– wieder im Eulenspiegel Verlag.

Außerdem erschienen die Langspielplatten Ottokar, das brave Früchtchen *und* Neues von Ottokar, *die der Eulenspiegel Verlag 1996 auch als MC und CD herausgab.*

Ottokar über seine Familie, Lehrer und Freunde

Seit meiner Geburt bin ich mit meinen **Eltern** verwandt. Ihnen verdanke ich die Entstehung meines Lebens, meinen schönen Kopf und andere Ähnlichkeiten, zum Beispiel die Augen. Sie sind blau wie bei meiner lieben Mutter. Die Nase kommt mehr nach meinem Großvater und der Mund nach meinem Vater. Denn manchmal sagt die Mutter: »Du hast genau so einen großen Mund wie dein Vater!«

Meine Eltern

Mein Vater war ein Genosse und Baubrigadier und als solcher ein Mensch mit guten Eigenschaften und kein Widerstandskämpfer, sonst würde er heute anders dastehen.

Er trinkt gern Milch, Kaffee, Sahne, Bier, Bratheringssoße und manchmal auch ein Schnäpschen. Bei der Arbeit ist er fleißig und sehr streng. Mein Vater kann mit mir über alles reden, meine Mutter über alles schweigen. Deshalb geh ich mit schlechten Zensuren lieber zu ihr.

Meine Mutter ist Verkäuferin und gehört ebenfalls zur Familie. Sie ist zu Hause sogar das Oberhaupt, obwohl sie kleiner ist als der Vater. Wenn die Mutter nicht wäre, ginge alles drunter und drüber. Sie ist sehr gütig und hilfsbereit und freundlich, sogar zu ekelhaften Kundinnen.

Unsere Oma

Überhaupt sind meine Eltern die besten Menschen, die ich in meinem Leben kennengelernt habe. Sie streiten sich nie, wenn ich dabei bin, sondern erst hinterher. Und am meisten über meine Erziehung.

Meine kleine Schwester Jana ist zwar die kleinste in der Familie, aber ihr Mundwerk ist schon fast so groß wie meines. Dabei ist sie oft gegen mich und sagte neulich: »Halt deine Klappe, du alter Proletkult, du willst doch bloß wieder negativ auffallen!« Aber Jana petzt nicht.

Unsere Oma ist in einer bewaldeten Gegend geboren, wo früher die Masuren, Wilddiebe und andere Völkerstämme hausten. Nur an ihrer Aussprache merkt man noch ein bißchen die Vergangenheit. Aber das ist kein Fehler; denn sie trägt damit manchmal zu einer schönen Unterhaltung in der Familie bei.
Einmal hat sich der Pillenheini schlecht über seine Oma ausgelassen. Sie ist streng und rechthaberisch und überhaupt altmodisch. Das kann ich von meiner Oma nicht sagen, im Gegenteil.

Mein Opa ist ein gefährlicher Pilzfan. Er tut alles, um anderen vom Pilzesuchen abzuraten. Viele Jahre lang verbreitete er das Gerücht, alle Pilze seien umweltvergiftet. Unser Hausarzt nennt ihn egomentales Schlitzohr. Man kann sich mit Opa unterhalten, worüber man will, er kriegt immer die Kurve zu den Pilzen. Auch wenn über Politik gesprochen wird. Er teilt nämlich die Politiker in genießbare, ungenießbare und giftige ein, je nachdem.

Meine **Tante Anna** ist eine geborene Schwester meines Vater. Sie ist ganz wild darauf, immer bedankt zu werden. Sie hat vielleicht deswegen schon drei Männer hinter sich. Der erste ist an einer Pilzvergiftung gestorben und konnte sich nicht mehr dafür bedanken. Der zweite sagte drei Tage vor der Hochzeit, er geht bloß schnell mal ein Bierchen trinken, und ist seitdem danklos verschollen. Der dritte war ein Heiratsschwindler. Erst als er merkte, wie die Tante ihn ausgenommen hat, stellte er sich freiwillig dem Gericht.

Tante Anna

Unser **Herr Klassenlehrer**, der **Burschelmann**, ist ein grober Klotz, hilfreich und gut. So ist er auch zu seiner Frau, deshalb sind sie noch nicht geschieden. Er ist streng und bullerig, aber gerecht. Und das ist wichtig. Und man muß ihn wie einen Löwen behandeln. Wenn man ihn ohne Angst anguckt, kann man ihn sogar zähmen. Er faucht dann bloß, aber so richtig kann er nicht mehr, weil er nicht mehr der Jüngste ist. Warum sind nicht alle Menschen wie der Herr Burschelmann.

Patricia Hochbein ist die neue Lehrerin für Geschichte und Sport. Sie kam ohne Angst in unsere Klasse, wofür sie schon ein Lob verdient

Herr Burschelmann

hat. Sie lachte uns sogar tapfer an, was nicht nötig war, denn so ängstlich sind wir nicht. Sie ist in Ordnung. Und ich glaube, daß die Neue, jetzt Pati genannt, die Prüfungen auch bei den Lehrern bestanden hat.

Sportlehrer Stramm ist gut in Form, denn er raucht sich gesund. Er nimmt uns ganz schön ran. Jeder Mensch hat mal eine schwache Stunde, sogar wir.

Unser **Herr Direktor Keiler** ist der wichtigste und am schwersten belastete Lehrer. Auch wird er am meisten gegrüßt. Oft kommt unser Herr Direktor in die Klassen, wo er sich hinsetzt und zuhört, was wir und die Lehrer gelernt haben. An diesen Tagen sind unsere Lehrer immer sehr freundlich zu den Kindern und sagen bitte und danke

Herr
Direktor
Keiler

und machen auch gern ein Witzchen. Und schauen dann zum Herrn
Direktor Keiler, ob er lacht.

Unser Herr Direktor hat auch eine Briefmarkensammlung und eine
Frau, welche er sein Steckenpferd nennt. Manchmal erzählt die Frau
vom Herrn Direktor über ihre Leiden, und sie muß daran denken,
daß er früher öfter zu Hause war. Unser Herr Direktor tut dann Buße
und spendiert seiner Frau eine Flasche Wein.

Wenn ich ein Lehrer wäre, dann würde ich zuallererst gerecht zu den
Schülern sein und nicht die Mädchen vorziehen wie der **Herr Kurz**.
Ich habe ja nichts dagegen, daß die Mädchen schöner, fleißiger und

lieblicher sind als wir Knaben, aber wir haben auch unsere Qualitä-
ten. So geschah es, daß einmal in der Pause der Herr Kurz unserem
Burschelmann zuschrie, er will in unserer Klasse keine Stunde mehr
unterrichten, und er besteht darauf, daß die meisten Knaben ausge-

Der Herr Kurz

sondert werden. Auch wird er von unserem Anblick krank, und es ist
kein Wunder, wenn er morgen wieder zum Arzt muß.

Beim **Herrn Luschmil** muß man sich ein bißchen vorsehen, und man
kann ihn mit einem Bergwerk vergleichen. Dort ist die Luft nicht
immer gut, und wenn man Pech hat, gibt es Schlagwetter. Eines Tages
haben wir auf dem Schulhof einen Schneemann gebaut. Der Herr

Luschmil fuhr ihn mit seinem Trabant um und lachte dabei. Am anderen Tag haben wir wieder einen Schneemann gebaut. Diesmal um den Feuerwehrhydranten. Der Herr Luschmil konnte danach nicht mehr so lachen.

Herr
Luschmil

Das Fräulein Uta Kraut kam als ein Ersatz hereinspaziert. Mit ihrer Gitarre. Sie hat sich gleich beim Schweine-Sigi auf die Bank gesetzt und immer ein bißchen gezupft und geklimpert und ein bißchen geplaudert. Von einem Spaziergang auf der Heide. Mit einem Male fing sie ganz leise an zu singen »Sah ein Knab ein Röslein stehn«. Wir

unser Heidenröslein

lauschten alle dem schönen Gesang, und sogar die wilden Knaben. Seitdem nennen wir sie unser **Heidenröslein.** Ja, und das Fräulein Heidenröslein hat es gern, wenn wir so schreiben, wie wir wirklich denken, aber höflich.

Der alte Herr Lehrer Weise ist eine altertümliche Lehrerpersönlichkeit. Er sammelt jetzt nur noch Schmetterlinge, Bienenschwärme, Briefmarken und Pilze. Wenn aber einmal ein Lehrer zu Hause bleiben muß, springt der altertümliche Herr Lehrer Weise ein und gibt Deutsch. Dabei errichtet er uns Eselsbrücken.

Beim **Fräulein Bella Kohl** wird man wegen jeder Kleinigkeit bestraft. Darum frag ich mich jeden Abend: Was habe ich heute eigentlich nicht falsch gemacht? Doch man kann mit ihr auskommen, wenn wir ihr jeden Tag etwas Schönes sagen, zum Beispiel: Ihre Frisur ist wie-

Fräulein Bella Kohl

der mal toll! Auch unser Herr Direktor Keiler sagt ihr solche Sprüche, bevor er dem Fräulein Bella Kohl einen Auftrag erteilt. Nach solchen Belobigungen macht sie alles.

Auf ihren Namen ist sie jetzt besonders stolz.

Die noch gesund aussehende ältere Russischlehrerin **Frau Pitthuhn** zog nach der Wende freiwillig ab und hilft jetzt in einer ABM-Stelle als Übersetzerin, und wir tauschten für sie eine Englischlehrerin ein.

Frau Seidenschnur weiß in fast allen Fächern Bescheid, ist die älteste Lehrerin und wie eine treue Mutter. Dadurch denkt sie manchmal, wir sind noch Küken, und sie breitet sich dann über uns aus und bespricht uns wie kleine Kinder. Aber wenn jemand unsere Kinderpersönlichkeit beleidigt, kann sie ganz schön zuhacken. Manche Mädchen gehen wegen Frauensachen zu ihr.

Frau
Seiden-
schnur

Jetzt nach der Wende haben wir einen besonders schön sprechenden Lehrer, den **Herrn Bittergalle**, der aus Hannover kam und unseren deutschsprechenden Ossi-Lehrern endlich mal was beibringen will. »Main erchster Aindruck: eure Aussprache läßt an Doitlichkeit zu wünschen übrig.«

Von den neuen Lehrern ist der **Herr Pflaume**, genannt der Schlurf, am meisten zu bedauern. Weil er an einer Schule nicht ausgelastet ist, schlurft er durch drei Dörfer. Meistens kommt er zu spät und ist so fix und fertig, daß wir ihn erst aufmuntern müssen. Er ist ein Junggeselle. Das sieht man ihm an. Zum Frisör war er auch schon lange nicht mehr, so daß er sich einen Pferdeschwanz binden mußte.

Unser **Herr Werklehrer Pankraz** hat eine große Liebe fürs Werken und eine verstümmelte Hand mit vier Fingern. Der fünfte ist in einer Maschine hängengeblieben, als Herr Pankraz noch Jung- und Tischlergeselle und darum in diesem Zustand unvorsichtig war. Aus dieser Zeit stammt auch sein Lebensspruch, mit welchem er uns immer beim Werken begleitet: Vorsicht ist die Mutter der Weisheit.

Herr
Pankraz

Frau Stichlein ist schon zwanzig Jahre **Schulsekretärin**. Wenn unser Herr Direktor der Frau Stichlein ein Diktat aufgibt, wiederholt sie es, und in der großen Pause wissen es alle Lehrer. Deshalb ist die Schulsekretärin die wichtigste Person gleich nach dem Herrn Direktor.

Eine wichtige Person war auch unser Pionierleiter. Er hieß **Alfons Spille** oder einfach **Pilei**. Er war immer für uns da, nur nicht am Sonntag. Heute ist unser Pilei ein Automobilienhändler.

der Pilei

Der **Harald** ist mein bester Freund, weil er seine Versprechen hält im Gegensatz zu anderen. Er ist ein sehr guter Schüler. Er begreift ziemlich leicht, und weil er das weiß, ist er manchmal wochenlang faul wie ein Strohsack. Dann klotzt er plötzlich ran, produziert schnell für jedes Fach ein paar Einsen und ist aus dem Schneider. Sein Lebensspruch lautet: »Fleißig ist nur, wer zu faul ist zum Denken!«

Harald

Vor mir sitzt die **Bärbel Patzig.** Mir ist es recht so; denn sie hat einen schönen Hinterkopf, und ich brauch nicht dauernd zu sehen, wie sie scheinheilig guckt oder mit den Lippen zittert oder mit ihrem Mund auf mich einfließt. Sie versteht es sehr gut, sich ins rechte Licht zu setzen. Nicht auszuhalten ist es, wenn die Bärbel für eine Arbeit gelobt wird. Sie spricht das Lob überall herum. Und es hört sich an, als wenn außer ihr kein anderer was tut.

Bärbel
Patzig

Der lange Schücht kann vorbildlich schielen, was bei Klassenarbeiten von großem Vorteil ist. Als er 13 Jahre alt wurde, war seine Mutter auf Arbeit und geschieden. Der lange Schücht ist ein Straßenbahnfan, und er nahm den Schweine-Sigi und mich auf Tour mit. Und wir probierten alle Linien in der Stadt aus.

Für seine kleine Figur hat der **Schweine-Sigi** ziemlich große Ohren. Sie haben aber die schöne Eigenschaft, daß er sie auf Durchzug stellen kann. Deshalb kann den Sigi nichts so schnell aus der Ruhe bringen. Solche Menschen muß es im Leben auch geben. Der Schweine-Sigi ist kein sehr guter, dafür ein beständiger Schüler. Er spricht: »Die Drei ist die Eins des kleinen Mannes.«

Juliana Bock, genannt **Jule,** hat Sommersprossen und zwei Schwänzchen. Am Knie trägt sie meist ein Pflaster. Am liebsten spielt sie mit den Sachen ihrer Brüder. Sie ist kratzbürstig und ein guter Kumpel.

In unserer Klasse gibt es ein Ferkel. Es ist der **Pillenheini.** In der Stunde schreibt er gemeine Briefchen mit schweinischen Zeichnungen an die Mädchen. Aber ich kenne einen ganz guten Polizeigriff.

Die **Gebrüder Ralf und Benno Raschke** sind Zwillinge und Untugendbolde. Auch werden sie von den Lehrern Sargnägel genannt. Und der Herr Burschelmann sagt manchmal, einer allein kann gar nicht so dumm sein.

Unsere **Wally** ist ein schweres Mädchen. Auf ihren strammen Beinen stampft sie durch das Klassenzimmer und das Leben. Sie hat fünf Stück kleine Brüderchen, die sie mit großzieht. Das kostet Kraft, und die fehlt ihr dann manchmal beim Lernen.

Wally

Die **dicke Mia** könnte einmal öffentlich vorführen, wie sie in zwei Minuten drei Schweineohren, vier Tomaten, fünf Waffeln und sechs Pralinen verputzt und dabei noch quatscht und tratscht. Sie ist der größte Schnellimbiß an unserer Schule.

Die dicke Mia

Sonja

Die stolzbusige **Sonja Zunder** in ihrem scharfen Pullover ist dumm wie Stulle. Das Schöne ist, daß die Sonja solche Bezeichnungen gar nicht mitkriegt, weil sie wirklich dumm wie Stulle ist oder wenigstens wie Bemme, das ist sächsisch und nicht ganz so schlimm.

Man soll den Tag nicht vor dem Abend loben, besonders wenn man Pferde vor der Apotheke kotzen sieht. Solche Sprichwörter muß man nicht so genau nehmen. Zum Beispiel war das kotzende Lebewesen kein Pferd, sondern **Old Schätterhänd**. Auch kotzte er nicht vor der Apotheke, sondern auf den Flur vor dem Waschraum, weil er besoffen war. Jetzt ließ er sich eine Glatze rasieren und brüllte übern Schulhof: »Deutschland erwache!« Leider gab ihm keiner eins aufs Maul.

Old
Schätterhand

Gespräch
mit Ottokars Vater

I n dem kleinen Berliner Vorort Schöneiche wohnt Otto Häuser, bekannt als Ottokar Domma, und somit Erzähler der beliebten Ottokar-Geschichten aus dem zunächst sozialistischen, dann gewendeten Schulalltag. Otto Häuser wurde 1924 in Sankov bei Karlovy Vary geboren. Nach seiner Lehre als Gebrauchswerber wurde er Soldat, aus sowjetischer Kriegsgefangenschaft zurückgekehrt, belegte er in Stendal einen Schnellkurs als Neulehrer und übernahm im gleichen Jahr eine einklassige Dorfschule. Später dann war er Schuldirektor in Tangerhütte. Er ging als Redakteur nach Berlin und widmete sich bald gänzlich dem Schreiben.

Wie sind Sie eigentlich Eulenspiegel-Autor geworden?

Durch eine kriminelle Tat, die allerdings eine Vorgeschichte hat. Als Lehrer schrieb ich zuweilen Gedichtchen oder Geschichten für den Haus- und Schulgebrauch. Ein Kollege riet mir, eine kleine Auswahl an den Eulenspiegel zu schicken. Ich wagte es. Nach geraumer Zeit kam ein Brief mit der Bemerkung: Lassen Sie das Dichten, lernen Sie einen anständigen Beruf. Ein Herr Stengel gab mir diesen guten Rat. Ich ärgerte mich nicht einmal darüber, doch eins stand fest: An die »Eule« schreib ich nie wieder. Etwa ein Jahr später fand ich zu meiner großen Überraschung eine meiner Schulgeschichten im Eulenspiegel veröffentlicht. Sogar unter meinem richtigen Namen! Ich vermißte sie in meiner Blättermappe. Sie mußte mir gestohlen worden sein.
Der Dieb war derselbe Kollege, von dem oben die Rede ist. Erst später gestand er und wollte, nachdem ich Fuß gefaßt hatte, künftig seinen Anteil an meinem Honorar.

Sollte sich der große Hansgeorg Stengel in Ihnen geirrt haben?

Wieso der Herr Stengel? Ein gewisser Rudi Strahl entdeckte diese Schulgeschichte in der Leserbriefmappe, und da er angeblich nichts Brauchbareres fand, nahm er sie mit. »Gut, daß Sie sich melden«, sagte er jovial am Telefon, »uns fehlt Ihre Adresse.« Ich könne ja einmal vorbeikommen. Vielleicht würde was aus mir.

Also war Rudi Strahl Ihr Entdecker?

Ach, die Entdecker, die sich meiner annahmen, wechselten oft. Irgendwann blieb ich bei einer jungen Redakteurin hängen, die sich lebhaft für Lehrer interessierte: ihr Sohn wurde oft von ihnen mißverstanden. So blieb nicht aus, daß wir ein prächtiges Gespann für Schul- und Familienangelegenheiten wurden …

… bis Sie beide den braven Schüler Ottokar erfunden haben.

Wenn ich in aller Bescheidenheit vermerken darf – Ottokar ist mir eingefallen, den mußte ich schon auf meine Kappe nehmen. Die Volksbildung als Institution hatte, muß man wissen, eine geachtete Stellung in der Gesellschaft und als solche ein gestörtes Verhältnis zu Humor und Satire.

Das mußte Ihnen doch zu denken geben. Wie lief denn der Ottokar an?

Seine Geschichten erschienen in der Zeitschrift etwa alle sechs bis acht Wochen – ohne Echo. Erst als »Unser Pionierleiter Alfons« erschien, regte sich bei einer Pionierleiterin das schlechte Gewissen. Sie fand den Autor durch und durch verkommen, nannte diese Beschreibung ein Machwerk und die Abkürzung »Pilei« eine Beleidigung für die ganze Republik.

Da hat sie ja den Millionenverband Pionierorganisation aufgescheucht.

Nicht gleich. Erst als ein paar Hundert Briefe, vorwiegend aus dem Bezirk Karl-Marx-Stadt zusammenkamen. Nun wurde auch die Leitung des Zentralrats munter. Wer kennt das Machwerk? rief der Großvater des Jugendverbandes in die Runde. Sowas muß auf den Index! Die Hände der Umsitzenden waren hebebereit.

Und wie befand das hohe Gericht?

Es ging aus wie das Hornberger Schießen. Die jüngeren Mitglieder des Gremiums waren nicht bereit, beim Vorlesen des Machwerkes ihr Gesicht ständig zur Faust zu ballen.

Kein Verbot?

Wäre auch zu spät gewesen. Alle Pioniere der Republik nannten ihre Pionierleiter längst »Pilei«. Lehrer pinnten die Ottokar-Geschichten zur Belebung der Diskussion an die Wandzeitung im Lehrerzimmer. Am letzten Tag vor den großen Ferien wurden sie als Klassenlesestoff zugelassen. Und als sich der Gedanke durchsetzte, daß es im Unterricht auch fröhlich zugehen dürfe, skandierte auf einem Pädagogenkongreß eine mutige Lehrerin das Motto: »Lachende Lehrer, lachende Schüler«, womit auch der Ottokar indirekt abgesegnet war.

Wie ist Ihre erste öffenliche Lesung ausgefallen?

Fragen Sie lieber, wie ich reingefallen bin. Ich hatte Angst wie vor einem Examen. Die anderen Eulen-Autoren konnten prächtig vortragen, auch in mehreren Sprachen wie berlinisch, sächsisch, plattdeutsch, rolldeutsch, sogar singen und eindrucksvoll mimen. Wenn zum Beispiel Kusche Arien von der Bühne schmetterte, der Stave und die Holland-Moritz sich mit Küchenliedern duellierten, der Wiesner näselnd seine Frisörweisheiten ausschnodderte, der Dichter Hans-Kuddeldaddeldu Krause den Saal erbeben ließ, der Hansgeorg Stengel sich mit Lässigkeit zu seiner »Gemeinde« herabließ oder der Kabarettist Külow als »Parteisekretär« durchs Programm leitete – da blieb kein Auge trocken. Und ich mit solchen Typen auf Lesetour? Das machte mich schon nervös.

Jetzt lenken Sie von meiner Frage ab. Wie und wo war Ihre erste öffentliche Lesung?

Das war im Bezirk Suhl in einem Institut für Kindergärtnerinnen. Alles hübsche Mädchen, streng beäugt von einer kultivierten Anstandsdame. Kaum ein Lächeln auf ihren Lippen. Die Mädchen saßen sittsam mit den Händen im Schoß. Stille, kein Beifall. Besinnliche Andacht.

Mein Reisebegleiter, ein Herr Schielmann vom Verlag, versuchte mich mit beredten Händen zu trösten: »Wird schon werden. Det lag nicht am Vorlesen, det lag an der ollen Friedhofseule.« Tags darauf war ich bei den Suhler Waffenwerkern. Sie saßen behäbig, Stullen kauend an ihren Werkbänken und folgten gelöst meinem Vortrag. Diesen oder jenen Scherz unterstrichen sie mit Zwischenbemerkungen wie »Könnte mein Enkel sein« oder »So ist meiner auch«. Sogar eine brennend aktuelle Diskussion entstand danach zu der Frage: »Warum gibt es in der DDR keine Knastliteratur? Könnten Sie nicht mal ein Buch darüber schreiben?«

Sie ließen mein Argument gelten: »Mir fehlt leider die Knasterfahrung.«

Derlei Leseängste sind ja längst überstanden. Sie haben eine treue Fan-Gemeinde. Spiegelt sich das auch in den Besucherzahlen wider?

Was heißt Fan-Gemeinde. So leidenschaftlich sind Lesefanatiker nicht. Ich bin weder Fußballprofi noch Tennisstern, weder Gummibärchenfresser noch Welttenor oder ein Pop-Star. Keiner riß mir bei meinen Lesungen das Hemd vom Leib, brach in irre Schreie aus oder klaute mir meinen Kugelschreiber als Andenken. Die Besucherzahlen blieben in Grenzen, so zwischen 3 und 300.

Drei? Ein bißchen wenig.

Vor Jahren nervte mich die Bibliothekarin eines sächsischen Großbe-
triebes, ich müsse unbedingt kommen, es ginge um die Erfüllung des
Kulturplanes. Bei meiner Ankunft fand ich drei Besucher vor, eine
Hilfsbibliothekarin, einen Vertreter der Gewerkschaft und eine
betriebsfremde Lehrerin. Die anderen wußten nichts von einer
Lesung, die Bibliothekarin war in Urlaub und hatte vergessen, daß ich
als Kulturplanretter angesagt war. Ich konnte die Drei doch nicht sitzen lassen. Also las ich ihnen etwas vor, und wir redeten danach über
den »Bitterfelder Weg«, der seinerzeit die Kulturlandschaft ändern
sollte. Die Titelkampfbrigaden konnten diesen Punkt positiv abha-
ken.

Wo sind Ihnen denn dreihundert Fans zugelaufen?

Ich geriet mehr als einmal in hochoffizielle Veranstaltungen, die mir
so gar nicht liegen. Einmal hatte mich die Leitung einer Pädagogi-
schen Hochschule aus Anlaß der Eröffnung der Studentenwoche zu
einer Lesung eingeladen. Ich wurde feierlich empfangen, die Zeit
drängte, und ich mußte mich gleich mit seiner Magnifizenz nebst
Anhang auf den Weg zum Audi-max begeben. Ohne Schlips, im luf-
tigen Sommerhemd und mit Leinenbeutel, in dem ich meinen Lese-
stoff mitführte. Der große Hörsaal war gefüllt mit jungem Volk. Ich
mußte den Mittelgang durchschreiten und im Präsidium Platz nehmen. Nach der Eröffnungsrede wurde mein Beitrag als nächster
Tagesordnungspunkt und kulturelle Umrahmung angekündigt ...
Weder hatte ich von einem solchen Zeremoniell gewußt, noch sagt
mir soetwas zu.

*Hatten Sie lebhafte Diskussionen mit ihren Zuhörern? Worum ging es da
meistens?*

Es gab mehr Fragen als Meinungen, gelegentlich auch Streitigkeiten
unter den Zuhörern. Ein Beispiel: Während im Sächsischen das Mit-

teilungsbedürfnis sehr hoch ist, lassen sich die Mecklenburger Zeit. Als ich das erste Mal in solch einem abgelegenen Kultursalon, die Papiergirlanden von den letzten Dorffesten hingen noch an der Decke, gelesen habe und um Fragen und Meinungen bat, leerte sich zunächst der Saal. Der Veranstalter versprach: Die kommen wieder. Die müssen erst einen zur Brust nehmen, ist ja heiß hier. Sie kamen fast alle zurück. Als erster hob ein Lehrer die Hand und wollte wissen, ob ich auch einer sei. Ich bestätigte. Auf einer Landschule? Da erzählte ich, unter anderem von meinem gepflegten Schulgarten (den allerdings meine Frau betrieb) und dem guten Tabak, der dort wuchs. »Wir fermentierten ihn mit Pflaumenmus.« Vielleicht wäre diese anregende Unterhaltung noch eine Weile so weitergegangen, wenn eine Frau nicht plötzlich laut dazwischengerufen hätte: »Wann werden endlich die Aborte ausgebessert? Meine Elise hat schon wieder einen Splitter in ihren Schlüpfer eingerissen!« Von da an hörte ich nur noch zu und ließ mir besonders zornige Stellen aus dem Plattdeutschen übersetzen.

Übrigens, Pädagogen beteiligten sich fast immer an Gesprächen. Aus langer Erfahrung im Umgang mit ihnen erkenne ich sie schon an ihrem Duktus. Sie melden sich, wenn sie sich äußern wollen, stehen auf, brauchen gewöhnlich eine längere Einführung und leiten iher Sätze häufig mit »weil« ein. Kein Mensch begründet so oft seine Ausführungen. 's sind eben Lehrer, ich ertappe mich selbst auch noch oft dabei.

Lehrer sind die Zugpferde jeder Diskussion, neigen zu Emotionen, was für sie spricht, und reden trotzdem kultiviert. Wenn sie meine Geschichten charakterisieren und zergliedern, weiß ich manchmal nicht, ob ihre Meinung dazu lobend oder tadelnd ist, so höflich drücken sie sich aus.

In Lesungen, zu denen Eltern ihre jüngeren Kinder mitbringen, kommt es relativ selten zu Diskussionen. Kinder hören lieber zu, lachen an den unpassendsten Stellen, besonders bei Kraftausdrücken, da trauen sich die Eltern nicht, ihnen die Ohren zuzuhalten. Ironische

Wendungen oder Metapher nehmen sie furchtbar ernst und verstehn die Eltern nicht, die sich darüber köstlich amüsieren können.

Ich habe die Geschichten zum Verständnis für Erwachsene geschrieben, um ihnen den Spiegel vors Gesicht zu halten. Mußte aber nach und nach einsehen, daß man den Kinder mehr zutrauen kann. Doch fühlte ich mich manchmal auch mißverstanden.

Komme ich doch in ein wunderschönes Dorf mit sauberen Gärtchen vor den Häusern und einem Kindergarten und einer neuen Schule wie im Bilderbuch. Der hübsch gestaltete Raum war noch leer. Eine halbe Stunde später flog die Tür auf. Das trappelte, purzelte, wirbelte zu Tür herein, raufte sich um Stühle, focht mit Zuckerstengeln und verbreitete einen fröhlichen Landlärm. Dahinter, wesentlich würdiger, eine Prozession Wastelknirpse, Hand in Hand, begleitet von ihren Betreuerinnen. Den Abschluß bildete das Küchen- und Raumpflegepersonal. Das nahm die Stehplätze ein.

Die Lesung war prima vorbereitet. Eine Frau in Sonntagsbluse stellte sich vorne hin, klatschte einige Male in die Hände, hob den pstenden Finger an den Mund, bis es mucksmäuschenstill war. Ich stand verlegen daneben, bemüht um einen freundlichen Ausdruck, bis die Dame rief: »Wißt ihr, Kinder, wer das ist?« Laut schallte es zurück: »Deeeer Ooo-dooo-kaaaar!« Alle, alle, alle kannten sie mich. Da blieb mir nichts weiter übrig, als umzuschalten. Vor diesem Publikum konnte ich doch keine Schülergeschichten vorlesen. Ich erzählte, was mir grad einfiel. Von einem Huhn, das wir Hinkelchen nannten, weil der böse Habicht ihm einen Flügel ausgerissen hatte. Von einem armen Schwein, das Alex hieß und krakeelte, als es geschlachtet werden sollte. Als wir zu müde vom Rumjagen waren, ließen wir es noch ein Jahr leben. Zum Glück fiel mir noch eine Geschichte von meiner Großmutter ein, wie sie das erste Auto, das sie sah, mit dem Teufel verwechselte.

Da quengelten schon die Kleinsten. »Soo Kinder, jetzt gehn wir schöön artig nach Hause, schööön bei den Händchen fassen, doch zuvor rufen wir noch einmal: Auuuf Wiederseeeehn, Herr Ooo-doo-kaaar!«

Draußen an der Tür sah ich erst jetzt das von Schülern gemalte Plakat: Eine Lesung mit dem braven Schüler Ottokar, dazu ringsum ausgeschnittene Figuren von Karl Schrader. Die Schule, die mich eigentlich eingeladen hatte, mußte an diesem Tage gerade Sportfest mit dem Schulrat an der Spitze bestreiten.

In Rostock zur Ostseewoche und in Berlin auf dem Alexanderplatz gab es Jahr für Jahr Großmärkte für Bücherfreunde, besser bekannt als Buchbasare. Sie waren ja auch dabei, seit es Ihre Bücher gibt. Erinnern Sie sich gern daran?

Strapazieren Sie mein Erinnerungsvermögen nicht allzusehr. Die Besucher dieser Basare wußten, daß sie dort die neuesten Bucherscheinungen fanden, auch solche, die in den Buchhandlungen nur als Bückware zu bekommen waren. Und natürlich, wie es immer in den Zeitungen so schön hieß, kamen sie auf Tuchfühlung mit den Autoren, konnten sich angeregt mit ihnen unterhalten und Autogramme sammeln, die die begehrten Bücher noch wertvoller machten! Rudel von Schulkindern liefen mit ausgerissenen Heftseiten von Stand zu Stand, um die wertvollen Namen zusammenzutragen.

Ich erinnere mich, als ich früher selbst einmal Besucher auf einem Buchbasar war, bei Anblick so manchen Autors naiv gedacht zu haben: Der sieht aber nicht so aus, wie er schreibt. Das hörte ich später übrigens über mich auch: Was, der ist das? Der sieht ganz anders aus, als man von seinen Geschichten her annimmt. Gar nicht lustig. Jedenfalls durfte ich nach Erscheinen meines ersten Büchleins zum ersten Mal in der Rostocker Kröpeliner Straße auch hinter einem Stand sitzen, bewaffnet mit Kugelschreiber, um meinen Namen, den »falschen«, das Pseudonym, zu schreiben. Doch kam es zur Katastrophe, die des Eingreifens der Polizei bedurfte.

Was ist geschehn?

Ich saß dort mittendrin und trank als erste Amtshandlung eine Tasse Kaffee. Einige Basarbesucher blieben stehen und fragten vorsichtshalber: Sind *Sie* der Autor? Nach einigen Minuten wurde der Ring um den Stand immer enger. Es sind genug Bücher da, rief die Buchhändlerin. Die Leute glaubten ihr offenbar nicht. Eine lebhafte Unterhaltung entwickelte sich, etwa so: »Drängen Sie sich doch nicht so vor!« – »Heee, anstellen!« – »Sie dürfen die von hinten nicht bedienen!« Das steigerte sich allmählich, bis meine Kaffeetasse überschwappte. Auf einmal saß eine voluminöse Dame auf dem Büchertisch, ein Eisenbein des Tisches bohrte sich sanft in mein rechtes Knie, einige Bücherstabel folgten dem Gesetz der schrägen Ebene, zwei Volkspolizisten schoben sich mühsam, fortwährend salutierend, bis zum Ort des Geschehens vor und rieten, den Stand für kurze Zeit zu sperren. Eine Stunde später bekam ich an anderer Stelle einen Tisch mit Fluchtweg nach hinten.

In einer Westzeitung, so wurde mir am anderen Tag erzählt, soll unter der Zwischenüberschrift »VOPO verbietet DDR-Autor Verkauf seiner Bücher« das Vorkommnis vermeldet worden sein.

Unterschied sich der Berliner Basar vom Rostocker?

Nicht eigentlich, aber die Berliner waren Menschenansammlungen gewohnt, schließlich kaufte die halbe Republik das ganze Jahr über hier ein. Von Tuchfühlung war in den Medien auch die Rede, allerdings war da eher gemeint, daß hochrangige Besucher die Schriftsteller mit Handschlag beehrten.

Gab es nicht auch etwas überzogene Formen der Nähe zum Publikum? Ich denke da an den Patenschaftsvertrag des Eulenspiegel Verlags mit Stendaler Bauarbeitern.

Ach, das hatte einen handfesten Hintergrund: Wenn der erste Spargel in der Altmark sproß, lud das alljährliche Rolandfest zu buntem Treiben ein. Ich muß doch nicht erklären, welche Rolle Spargel in der DDR spielte?! Da konnte der Verlag wohl nicht widerstehn, am Fest teilzunehmen. Herr Schielmann vom Verlag kannte einen gewissen Herrn Siebert, dessen Frau die Winckelmann-Buchhandlung leitete, und diese wiederum war mit der Gewerkschaft der Bauarbeiter als Buchlieferantin liiert, so daß eines Tages ein Vertrag zur vergnüglichen Zusammenarbeit entstand. Bei jedem Rolandfest wurden für zwei Tage Bücherstände in einer sanierungsbedürftigen Geschäftsstraße aufgestellt, genannt der Altmarkbasar, und abends durften im ansonsten nicht sehr gut besuchten Theater der Altmark Eulenspiegel-Autoren auftreten. Immer voll ausverkauft. Das war schon ein

Ereignis im Ländchen der Spargelstengel, schwarzweißen Kühe, sandigen Ackerflächen und bunten Wälder. Und am letzten Tag gaben die kassenverantwortlichen Gewerkschaftler ein Abschiedsfest für uns. Die Altmarkschlachter machen übrigens hervorragende Würste und die Altmarkköche die weltberühmte Hochzeitssuppe.

Geht der Vertrag vielleicht sogar auf Ihre Initiative zurück? Sie haben ja, biographisch bedingt, eine besondere Beziehung zu Stendal.

Nein, der Vertrag lag nicht in meiner Kompetenz, aber es stimmt, ich bin in Stendal fast zu Hause. Hier lernte ich als Gebrauchswerberlehrling schon weltbekannte Künstler kennen, den Max Schmeling als Schattenboxer, den Heinz Rühmann als Quax, der Bruchpilot, die Helga Göring im baufälligen Altmarktheater als reizende Schauspielerin. Allerdings nahm sie erst Jahrzehnte später, in der Jury des Kinderfilmfestivals »Goldener Spatz«, Notiz von mir. Schließlich habe ich nach dem Krieg in Stendal meine erste Lehrerprüfung abgelegt, was

in den Annalen der Stadt nicht vermerkt ist. Aber wie ein historisches Wahrzeichen für die Beziehung zum Verlag für Humor und Satire deute ich, daß auf dem Hintern des steinernen Roland auf dem Stendaler Marktplatz der Eulenspiegel seine Fratze zeigt. Und das erklärt wohl aus tieferer Sicht die Zuneigung der Stendaler zum Eulenspiegel Verlag und seinen Autoren.

Wie nahmen denn die großen und kleinen Leser die komischen Figuren von Karl Schrader auf? Fühlten sich die Pädagogen in ihrer Autorität nicht gekränkt?

Im Gegenteil. Jedenfalls hat sich in den 30 Jahren kein einziger beklagt. Sie waren doch dem Charakter der in den Geschichten handelnden Personen angepaßt. Zuweilen wurden die Lehrer mir bei Schulbesuchen so vorgestellt: Das ist *unser* Burschelmann, das *unser* Heidenröslein, das *unsere* Frau Pitthuhn und so weiter. Aber keiner fühlte sich direkt getroffen, nur junge Lehrerinnen hätten gern gehört, sie seien wie das Fräulein Heidenröslein in Ottokars Büchern.

Aber so ganz aus der Luft gegriffen sind Ihre Akteure ja auch nicht!

Natürlich nicht. Wenn schon der Direktor der Schule meiner Kinder sagte: »Ich hab neulich eine deiner neuen Geschichten gelesen. Kommt mir sehr bekannt vor!«

Hatten Sie Informanten an den Schulen?

Nein, auch keine verdeckten. Aber Sie wissen ja, wo und wie man Alltagsgeschichten erfährt. Man brauchte doch nur irgendwo in einer Schlange zu stehen, DDR-Bürger waren ja darin geübt, schon hörte man die schönsten Familien- und Schuldramen. Auch von Lehrern selbst, wenn sie zu Festlichkeiten zusammenkamen, zum Beispiel am Tag des Lehrers. Die konnten nie abschalten. Schule war Dauerthema. Meine Frau, auch Lehrerin, erzählte mir beim Schnellimbiß zwischen Tür und Angel, was heute auf sie alles zukäme, und empfing mich abends mit der frohen Kunde: »Na, heut ist wieder ein Ding passiert!« Sollte ich weghören?

Ihre Geschichten, sie sind Ihnen sozusagen zugeflogen, Sie mußten nicht lange danach suchen!

Aber mühsam sortieren und dann irgendwo einordnen.

Sie haben eine Stichwortkartei?

Nein, einen Seifenkarton. Da werfe ich meine Merkzettel rein, die für eine Geschichte vielleicht brauchbar sind.

Ich kann mir vorstellen, daß Sie viel Leserpost bekamen. War das nicht auch eine Quelle für neue Anregungen?

Ich habe möglichst alle Briefe beantwortet, besonders ausführlich die der Schüler. In einem Brief befand sich auch einmal der Ausschnitt aus einer Leistungskontrolle, die mir ein Lehrer schickte zur eigenen Verwendung. Darin hieß es: »Erst war das Matriarchat, dann kam das Patriarchat, und jetzt gibt es nur noch das Sekretariat.« Sowas Schönes kann sich ein Erwachsenenhirn gar nicht ausdenken. Aber auch Lehrern passieren beziehungsreiche Stilblüten. So las ich von einem jungen Kollegen, der eine 10. Klasse übernahm: »Ich wollte mich mit ein paar freundlichen Worten bekanntmachen. Ich sagte: Ich denke, daß wir gut miteinander auskommen und uns gegenseitig befruchten.« Da haben sich aber die großen Mädchen gefreut.

Stilblüten, mißverständliche Begriffe, ungewollte Verwechslungen, Beziehungsfehler gehören überhaupt zu Ottokars Aufsätzen.

Die Namen, die Sie den Lehrern und Kindern gaben, sind gewiß alle erfunden?

Ja, nur den Schweine-Siggi, den gab und gibt es wirklich. Er hieß Siegfried Schiller, das darf ich verraten. Sigi ist der Sohn des Schweinemeisters an der LPG. Also diente der Beruf des Vaters zur besseren Unterscheidung von anderen. Der Junge eines Friseurs hieß Pomaden-Sigi, der Sohn des Apothekers Pillenheini. Die Gerlinde Zimmer wurde schlicht Zimmerlinde gerufen. Muß ich das fortsetzen? Jungen sind stolz auf Spitznamen, Mädchen nicht immer. Die dicke, manchmal auch doofe Mia genannt, verkörpert einen Typ, der gar nicht selten ist. Sie ist Opfer häufigen Spotts, weil sie total verwöhnt und verfressen ist. Ihre Mutter gehört zu jener Sorte Eltern, die betont, sie habe auch ein Gymnasium besucht, also müsse ihre Tochter auch gut sein. So könnte man Namen für Namen in den Ottokar-Büchern durchgehen, was doch wohl nicht nötig ist.

Hat der Schweine-Sigi je eine Geschichte von Ihnen gelesen? Vielleicht war er nicht sehr erfreut darüber.

Kurz vor der Wende traf ich ihn in seiner Stammkneipe. Stark wie ein Bodyguard. Er erkannte mich gleich. Zog mich mit Hallooo an den Tresen zu seinen Kumpels und sagte: »Das ist er, der von mir geschrieben hat. Ihr wolltet es ja nicht glauben.« Sie glaubten es, nachdem wir einige Erinnerungen aufgefrischt hatten. Der Abend dauerte bis zu Sperrstunde.

Man möchte vermuten, daß Sie als Schulkind auch so ein Unikum wie Ihr Ottokar waren. Leben in ihm Ihre Erinnerungen fort?

Nur ganz wenige, die ich der Gegenwart anpaßte. Ansonsten war ich ein mittelmäßiger Schüler, nicht vorlaut, eher zurückhaltend, nicht frech, eher listig. Ich hatte fast immer eine Eins in Religion. Beim Beten brauchte ich nicht zu denken, die biblischen Geschichten verstand ich wie Märchen, Märchen lese ich heute noch gern. Ich war auch nicht sehr schlagfertig, körperlich wie mündlich, eher ein Träumer und Spinner, darin allerdings sehr produktiv. So das Urteil meiner Eltern und Lehrer.

Dann entspricht der lausbübische Ottokar eher Ihrem Wunschbild vom Schülerdasein?

Natürlich, weil ich so sein wollte wie die in Büchern beschriebenen Lausbuben. Ich las früh die »Lausbubengeschichten« von Ludwig Thoma. Der kleine Försterbub war mein Vorbild in jeder Beziehung. Er dachte wie ich, war aber entschieden aktiver. Er mochte die Verwandten und Lehrer nicht, die verlogen, falsch, angeberisch waren, konnte sie aber bis zur Weißglut ärgern. Er war verletzlich wie jedes Kind, nur zeigte er es nicht. Feines Getue und städtische Protzerei konnte er nicht ausstehen, da ähnelte ich ihm sehr. Ist es nicht oft so, daß Kinder aus ihrer Haut herausmöchten? Trotzdem war ich kein Duckmäuser. Einer meiner Lehrer bemerkte das: Träumst du schon wieder? Was heckst du jetzt aus? Erst ein halbes Menschenleben später fiel mir der Lausbub Ludwig Thomas wieder ein, da hatte ich die Idee, einen ähnlichen Knaben zu erfinden, aber einen sozialistischen.

Nun ist er ein kapitalistischer geworden?

Er lebt jetzt in dieser Gesellschaftsordnung, ja, sonst ist er sich treu geblieben wie sein Freund Schweine-Sigi und die meisten Mitschüler. Wenn der Sigi im letzten Buch, dem »Schlitzohr«, Jungunternehmer wird und eine Floh GmbH gründet, an der alle in der Klasse beteiligt sind, so muß er sich von Ottokar auch sagen lassen: »Er hat schon den Weitblick wie ein richtiger Kapitalist, auch im Bescheißen.«

In Ihren Büchern gibt es Spruchweisheiten Ottokars, im Stile eines 12jährigen, aber zwischen gewitzt und weise angesiedelt. Ich zitiere aus dem »Gerechten«: »Ein Imker weiß genau, wer eine Drohne und wer eine Arbeitsbiene ist, und das unter Millionen. Es wäre nicht schlecht, meinte mein Vater, wenn man im Betrieb Imker als Kaderleiter einstellte.«

Nun gut, Kaderleiter gibt es heute nicht mehr, man könnte statt dessen Personalleiter sagen.

An anderer Stelle behauptet Ihr Ottokar: »Manche lernen deshalb so schlecht Russisch, weil sie im Deutschen so schlecht Englisch sprechen.«

Na, da könnte man Russisch in Japanisch umtauschen, schon stimmt es wieder. Den Satz könnte man zeitgemäß auch so abwandeln: Manche lernen heute noch schlechter Deutsch, weil es im Englischen keine neue Rechtschreibreform gibt.

Apropos Sprache. Viele Begriff der »West-Sprache« finden sich in Ihrem »Schlitzohr«. Ist das eine Verbeugung vor den Besserwessis?

Man kann sich der Erweiterung des lexikalen Wortbestandes nicht entziehen. Kinder nehmen ohnedies schnell Neues auf. Aber an Ihrer Stelle würde ich von Besserwessis nicht reden. Das ist eine Tautologie. Wessi genügt.

Ich nehme an, Sie sind zur Genüge wieder und wieder zur Figur Ihres Ottokar befragt worden. Darf ich Ihnen einige Fragen stellen, die um Ihre eigene Person kreisen?

Nur zu!

Zu welchem Temperament würden Sie sich zählen?

Zum melanchosanguinischen Phlegmatiker.

Sind Sie imstande, Teller an die Wand zu werfen?

Wär mir zu schade.

Singen Sie in der Badewanne?

Ohne Publikum? Was hab ich davon?

Kommt es vor, daß Sie brüllen?

Brüllochsen sind mir zuwider, noch mehr, wenn sie im Chor brüllen »Hochhochhoch!« oder »Heim ins Reich!« oder »Wir sind ein Volk!«

Wann haben Sie das letzte Mal geweint?

Gestern, beim Zwiebelschneiden.

Wann haben Sie einen ruhigen Schlaf?

Kommt drauf an, wonach.

Drücken Sie Alpträume?

Immer derselbe. Ich suche den Stellplatz meines Autos und bin nach dem Erwachen erleichtert. Es steht in der Garage.

Gestehen Sie sich Fehler selbst ein?

Ja, wenn andere auch ihre Fehler zugeben.

Haben Sie Humor?

Ich will jetzt nicht über Politik reden.

Wer oder was macht Ihnen Angst?

Dummköpfe in höheren Positionen.

Wovon träumen Sie?

Meistens von Unerreichbarem.

Waren Sie schon mal zu einer Talkshow geladen?

Wozu? Selbstdarstellung liegt mir nicht.

Welche Kunst bewundern Sie am meisten?

Die Kunst, überall mitzureden, ohne etwas zu sagen.

Haben Sie Angst vor dem Tod?

Nein, nur vor dem Sterben.

Hat Sie die Wende überrascht?

Nein, nur die Folgen.

Was würden Sie zuerst tun, wenn Sie eine Tarnkappe hätten?

Manchen Politikern die Tarnkappe abziehen.
Sind Sie ein geselliger Mensch?

Kommt drauf an, wo. Sonst eher zurückhaltend.

Was wäre für Sie der schönste Festtag des Jahres?

Der Tag, an dem alle Festredner ausfallen.

Wer ist Ihr Lieblingsautor?

Muß ich gelegentlich addieren, einer reicht mir nicht.

Ihre Lieblingsvornamen?

Alle, die mit A beginnen.

Ihre Lieblingsspeise?

Chinesische Ente mit böhmischen Knödeln, Berliner Sauerkraut und deutscher Einheitssoße.

Ihre Lieblingswurst?

Gibt es nicht mehr. Nach der Wende entsprechend den Reinheitsgeboten ist die Wurst übereinstimmend geschmacklos und fad.

Ihr Lieblingsinstrument?

Kammblasen und Brummkreisel.

Ihre Lieblingskleidung?

Ohne Schlips, Rüschen und Kokettierfetzen.

Ihre Lieblingsfrisur?

Ohne künstliche Glatzen, Toupet und grelle Farben.

Was vermissen Sie in Ihrem Alltagsleben am meisten?

Meine Brille. Einmal fand ich sie erst nach Tagen im Gefrierschrank.

Was trinken Sie am liebsten?

Reines Wasser, kalte Milch, starken Kaffee, naturtrüben Apfelsaft, trockenen Wein, herbes Bier und zu besonderen Anlässen Rotkäppchensekt.

Was könnte der nächste besondere Anlaß sein?

Das Ende Ihrer Ausfragerei!

PÄDAGOGISCHES ALPHABET

S wie
Sportunterricht

PÄDAGOGISCHES ALPHABET

T wie
Traumfabrik

PÄDAGOGISCHES ALPHABET

U wie
Umwelt

PÄDAGOGISCHES ALPHABET

U wie
Umwelt

PÄDAGOGISCHES ALPHABET

V wie
Vorbild

PÄDAGOGISCHES ALPHABET

W wie
Wißbegierde

PÄDAGOGISCHES ALPHABET

X wie
Xylophon

PÄDAGOGISCHES ALPHABET

Y wie
Yokohamahyazinthe

PÄDAGOGISCHES ALPHABET

Z wie
Zeugnis

Ottokars Begriffserklärungen
für Bundesbürger aus dem Westen

Pioniere

waren Schulkinder, die zeitweilig blaue oder rote Halstücher trugen wie die Verkäuferinnen bei »Kaiser's«. Sie grüßten, wenn ihnen »für Frieden und Völkerfreundschaft« zugerufen wurde, mit »Immer bereit!« Sonst sagten sie Hallo oder Hai oder gar nichts.

FDJler

waren schon im liebesfähigen Alter und zogen ein blaues Hemd an, nicht oft, aber immer seltener. Sie grüßten mit »Freundschaft« oder »Heee, du alte Gurke!« nebst anderen Ausdrücken.

Hortnerinnen

waren »Tanten«, welche die Kinder bewacht, versorgt und zu allerlei Spielen gezwungen haben. Die meisten ließen sich nicht zwingen, sondern taten, was sie wollten. Die waren schon freiheitlich angehaucht.

Pionierleiter
oder auch Pileis genannt

saßen in der Schule in einem Extrakabuffchen, schrieben Listen, telefonierten mit Oberpileis, leiteten Versammlungen und waren gute Kumpels, zu denen man Du sagen konnte. Wenn ein Lehrer krank war, sprangen sie ein. Die meisten Pileis waren weiblichen Geschlechts, darum öfter launisch.

Stabü	hieß Staatsbürgerkunde, aber so weit war ich noch nicht.
Arbeitsgemeinschaften, kurz AG,	bestanden aus freiwilligen Kinderarbeitnehmerinnen und -nehmern, die alles Mögliche machten: Sport, Basteln, Singen, Theaterspielen, Kochen und noch viel mehr. Der höchste AG-Festtag war einmal im Jahr mit den Eltern. Heute ist es gleich eine ganze Projektwoche, weil die Projektierer ewig nicht fertig werden mit ihren Vorhaben.
Elternaktiv	bestand aus mehreren Elterngliedern, die man auch
Elternteil	nannte, wenn es sich um Vater oder Mutter handelte. Die ausgewählten Teile vereinigten sich zum
Elternbeirat	Er durfte die Lehrer nebenbei beraten, Klassenzimmer renovieren, bei Sportfesten pfeifen, messen und wiegen und für die Schule Schmuckelemente besorgen wie stabile Transparente, Aufsteller, Christbaumschmuck und politische Gegenstände.
Kulturelle Umrahmungen	waren keine Bilderrahmen, sondern Veranstaltungen mit Gesang, Tanz, Sport, Zauberkunststücken, Gedichtaufsagen und anderen schönen Künsten. Jeder Betrieb, jeder Bürgermeister, jeder Fest-

redner, der sowas brauchte, bestellte sich einfach die Umrahmungen, und der Direktor war stolz darauf und ließ das in die

Schulchronik

schreiben. Das war ein Buch zum Vorzeigen für hohe Besuche.

Patenbrigaden

waren Teams aus Betrieben. Man nannte sie Brigaden, weil sie immer um den Plan kämpfen mußten. Der oberste Kämpfer hieß

Brigadier

Das war nicht immer der Meister. Brigadiere wollten nicht gern Meister werden, weil sie dann weniger Geld bekommen hätten.

Paten

waren alle, welche zur Brigade gehörten. Sie sollten der Schule oder der Klasse helfen und nicht die Kinder zur Taufe begleiten. Das darf man nicht verwechseln. Sonst hätte es auch einen Brigadepfarrer geben müssen.

Ferienspiele

da spielten nicht die Ferien miteinander, sondern die Kinder in den Ferien, und zwar freiwillig. Wer nicht wollte, spielte eben mit denen, die auch nicht wollten – oder mit Mülltonnen, auf der Abraumhalde oder den Eisenbahnschienen oder sonstwo. Das war gar nicht gern gesehen. Die Eltern waren froh, wenn ihre Kinder zu den Ferienspielen gingen und dort bewacht wurden.

Ferienlager

waren fast dasselbe, nur länger.

Auszeichnungen

Das konnten Bienchen, Abzeichen, Wimpel und andere Orden sein. Ich bekam einmal den »Orden für freche Antworten«. Der Herr Lehrer Burschelmann hat mich richtig darum beneidet.

Abzeichen für gutes Wissen

sagt ja schon warum. In unserer Klasse bekamen es mein Freund Harald und die brave Bärbel Patzig.
Keiner hat sie darum beneidet.

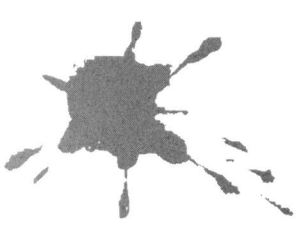

Ottokars beste Sprüche

Wenn es den Menschen gut geht, wollen sie es noch besser haben. Wenn sie es besser haben, reden sie dauernd davon, wie schön es war, als es ihnen noch gut ging.

Man kann sich seine Eltern, Lehrer und Nachbarn nicht aussuchen und muß sie nehmen, wie sie sind. Aber mit meiner Hilfe entwickeln sie sich nicht schlecht, besonders als Erzieher.

Wenn die Erwachsenen zu viel an uns herumschleifen, werden wir scharf oder stumpf. Ich glaube, beides wollen sie nicht.

Jeder Schüler hat seinen Lieblingslehrer, aber keiner traut sich, es ihm zu sagen. Jeder Lehrer hat einen Lieblingsschüler, aber die meisten trauen sich nicht, es ihn merken zu lassen. So leben also die Schüler und die Lehrer ohne Liebeserklärung dahin, bis daß die Schulentlassung sie scheidet.

Ein Lob geht meistens nur bis zur Klassentür, ein Tadel dagegen wird gleich ins Lehrerzimmer oder sogar ins Elterhaus befördert - und zwar auf schnellstem Wege.

Manche Schüler sind deshalb so fleißig, weil sie zu faul zum Denken sind.

Dauernd heißt es: ihr müßt, ihr sollt! Aber auf die Idee, daß wir auch wollen, kommt keiner.

Es gibt Eltern, die schieben die Schuld für jede schlechte Zensur immer auf den Lehrer. Nur die guten Zensuren geben sie selbstkritisch zu.

Man muß manchmal ganz schön nachdenken, um eine Dummheit zu machen, die auch unsere Lehrer verstehen!

Elternteile sind auch nur Menschen. Nur ist es so, daß die Teile mancher Eltern sehr unterschiedlich wirken. Die Oberteile vergessen

manchmal, wofür sich die Unterteile angestrengt haben. So entstehen im Leben Erziehungsschwierigkeiten.

Immer heißt es, man soll sich zusammenreißen. Morgens auf dem Schulweg ruft mir die Mutter nach: »Reiß dich ja zusammen!« Fast jede Unterrichtsstunde beginnt mit der Mahnung: »Reißt euch heute mal zusammen!« Auf dem Schulhof schreit der Aufsichtslehrer: »Wollt ihr euch wohl zusammenreißen!« Beim Pionierappell, beim Essen, in der Straßenbahn, auf dem Ausflug, im Museum, auf der Toilette, im Bett, überall muß man sich zusammenreißen. Ich bin schon ein richtiger Zusammenriß geworden. Manchmal denke ich, wie es sein wird, wenn ich einmal gestorben bin. Bestimmt sagt man dann vor meinem Grab: »Er hat sich sein Leben lang zusammengerissen.« Denn einem Toten darf man nichts Schlechtes nachsagen. Schade, daß ich das nicht erlebe.

Die Wahrheit sagen ist manchmal viel schwerer als das Lügen. Die Lüge wird einem bald wieder verziehen, die Wahrheit nicht so schnell.

Wenn ich mal was angestellt habe, dann tun manche Erwachsene, als hätten sie mir das schon immer zugetraut. Wenn ich aber nichts anstelle, dann warten sie direkt darauf.

Einmal fertigten wir eine Wandzeitung an, und ich schrieb darüber den Spruch: »Lernen, lernen, lernen und nochmals lernen!« Unser

Pionierleiter Alfons meinte, der Genosse Lenin hat nur dreimal lernen gesagt. Ich antwortete: »Der Genosse Lenin kannte ja unsere Klasse noch nicht.«

Je mehr man sich im Unterricht meldet, desto besser die Zensur für Mitarbeit. Stilles Mitdenken wird nicht so belohnt.

Der Unterschied zwischen einem Theater und der Schule besteht darin: Im Theater sind die schönsten Plätze vorn, im Theater wird ein guter Vorsager gelobt, und im Theater darf man über einen Schauspieler sogar lachen. In der Schule ist es umgekehrt.

Mein Vater meint, wenn mir einer erst nach einem öffentlichen Lob auf die Schulter klopft, dann muß ich damit rechnen, daß er mich nach einem öffentlichen Tadel nicht mehr kennt. Kann sein, daß es bei Erwachsenen so ist. Unter uns Schülern ist es genau umgekehrt.

In meinem Zeugnis steht immer wieder der negative Satz: »Bei etwas mehr Fleiß könnten seine Leistungen noch besser sein.« Ich bin gespannt, wann es einmal positiv heißt: »Bei etwas mehr Faulheit könnten seine Leistungen schlechter sein.«

Einmal war sogar ein Schriftsteller bei uns. Als er sah, daß nur sieben zuhören wollten, sagte er, das sind zuwenig, und ging wieder. Schade, jetzt hat er noch sieben Leser weniger.

Die meisten freuen sich über ein Lob. Für mich ist es schon ein Lob, wenn ich nicht getadelt werde.

Meine Eltern sagen manchmal: »Du hast es gut. Wir wären froh, wenn wir noch zur Schule gehen könnten!« Das glaub ich gern. Hätten sie eben im Unterricht besser aufpassen sollen.

Mein Vater fängt manchmal erst dann an zu erziehen, wenn es meinetwegen Familienkrach gab. Meine Mutter und ich haben danach elend viel zu tun, um den Vater mit seiner Erziehungskunst wieder auf den richtigen Weg zu bringen.

Würden doch Lehrer Lehrer lehren, wie man Lernen lernen lernt.

Wenn sich meine Eltern einmal böse sind, dann gibt es nur ein Mittel, sie wieder einig zu machen. Ich sage, daß wohl meinetwegen bald mit einem Hausbesuch vom Lehrer zu rechnen ist. Das bringt sie sofort auf einheitliche Gedanken. Ich muß nur sehen, wie ich sie verkrafte.

Wenn ich zum Beispiel als Pionier nicht so fröhlich gewesen wäre und nicht mitgesungen hätte, wie es vorgeschrieben war, dann könnte ich mich heute Widerstandskämpfer gegen die Pioniergewalt nennen.

Komisch: Kommt man nach Hause und sagt, ich habe heute leider eine Vier geschrieben, glaubt man das sofort. Sage ich aber: »Heute habe ich eine Eins geschafft!«, fragt man erst mißtrauisch: »Ist das wahr?«

»Ihr lernt zu wenig«, wird manchmal gesagt. Vielleicht stimmt das. Aber je mehr Lernstoff von mir verlangt wird, um so mehr vergesse ich wieder. Vielleicht ist weniger mehr? Als Schüler kann ich diese Frage nicht beantworten, weil ich noch nicht genug gelernt habe.

Berufsaufklärer sind manchmal solche Menschen, die es verstehen, so lange die Berufe aufzuklären, bis nur noch fünf übrigbleiben, weil die anderen schon durch persönliche Beziehungen der Eltern vergeben sind.

Manchmal lese ich in den Zeitungen, daß eine große Freude auf uns zukommt. Das Wort heißt Rechtschreibreform. Wir Schüler denken, es würde Zeit, daß man so schreiben darf, wie man spricht. Die Eltern denken sowas ähnliches, weil sie sich mit uns bei den Schularbeiten dann nicht mehr so abquälen müssen. Und die Lehrer sagen, das fehlte ihnen noch. Dann müßten sie auch wieder umlernen, das ist für Lehrer eine Qual. Die höchsten Lehrer, also Professoren und so, sind überhaupt dagegen, an der Rechtschreibung was zu ändern, sie haben dann keine Freude mehr daran, alles besser zu wissen.

Was ist eine Projektwoche? Die Frage ist gar nicht so einfach zu beantworten. Im Duden steht Plan oder Entwurf oder Vorhaben. Sowas Dummes hatten wir früher nicht, eine ganze Woche nur planen, entwerfen oder was vorhaben.

Wenn ich keine Fehler hätte, hätten die Eltern und Lehrer nicht mehr so viel Freude daran, mich zu erziehen.

Jetzt nach der Wende denke ich darüber nach, wie ich mich noch positiver wenden kann.

Wie mans macht, ist es falsch. Wie mans nicht macht, ist es auch falsch. Also mach ich weiter.

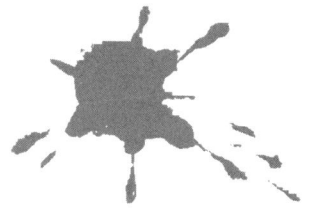

ISBN 3-359-00897-9

© 1997 Eulenspiegel Verlag
Rosa-Luxemburg-Str. 16, 10178 Berlin,
Umschlaggestaltung: Jens Prockat unter
Verwendung eines Motivs von Karl Schrader
Druck und Bindung: Grafischer Großbetrieb Pößneck GmbH

Ottokar Domma

Ottokar
gibt
Auskunft

Eulenspiegel Verlag